Cameriera sottomessa (Interrazziale)

Collezione di dominazione erotica

Erika Sanders

Cameriera sottomessa
(Interrazziale)

Erika Sanders
Serie
Collezione di dominazione erotica

Sinossi

Julieta è un'afro-messicana che lavora come cameriera in un motel di bassa classe in cui il manager indossa un abito scollato con tacchi senza reggiseno e un perizoma come uniforme per i dipendenti.

Un cliente più anziano soggiorna al motel, il signor Sánchez, che si definisce il "Padrino" della giovane donna....

All'arrivo al motel, Julieta si rende conto che la colazione del signor Sánchez è pronta per essere portata in camera sua ...

Cameriera sottomessa è un romanzo con un forte contenuto di BDSM erotico e, a sua volta, un nuovo romanzo appartenente alla collezione di Dominazione Erotica, una serie di romanzi con un alto contenuto di BDSM romantico ed erotico.

(Tutti i personaggi hanno almeno 18 anni)

Nota sull'autrice

Erika Sanders è una scrittrice di fama internazionale, tradotta in più di venti lingue, che firma i suoi scritti più erotici, lontani dalla sua prosa abituale, con il suo nome da nubile.

Indice

CAMERIERA SOTTOMESSA
ERIKA SANDERS

Julieta arrivò al motel "Corazones Solitarios", appena in tempo, per fare il turno mattutino.

Era una delle cameriere del motel e uno dei suoi compiti principali era quello di portare la colazione ai clienti ogni mattina alle otto.

Ovviamente doveva anche spolverare e riordinare le stanze, ma poteva aspettare fino a mezzogiorno, quando il resto delle cameriere si sarebbe fatto vivo.

"Corazones Solitarios" si trovava a centocinquanta chilometri a nord di Città del Messico, appena fuori dall'autostrada nazionale A9.

Consisteva in un piccolo parcheggio; una piscina di medie dimensioni; un edificio principale, che ospitava molte strutture oltre all'ufficio del direttore; e due ali con dieci stanze ciascuna.

Ogni camera aveva un piccolo bagno, TV via cavo e aria condizionata.

Se dovessimo confrontare i loro prezzi con quelli degli hotel e dei motel locali, troveremmo sicuramente una differenza significativa, con "Corazones Solitarios" che è il più economico.

Quindi era stato ed era il rifugio di tante persone, che avevano pochi soldi e non volevano pagare troppo per affittare un appartamento, ma volevano trascorrere qualche stagione in albergo.

Julieta era una ventenne latina di origine afro-messicana.

Suo padre era un marinaio nero americano, che trascorreva la maggior parte del suo tempo viaggiando in tutto il mondo, e sua madre era messicana e dedita a suo marito e sua figlia.

Non era alta più di un metro e mezzo, ma la sua figura era piuttosto simmetrica e sinuosa.

Capelli neri ricci lunghi fino alle spalle incorniciavano il suo viso ovale, mentre i suoi esotici occhi obliqui erano neri con le ciglia naturali più lunghe che chiunque potesse immaginare.

Il suo naso era sottile e delicato, con narici larghe e larghe, ereditato dal padre, che rivelava una natura piuttosto insaziabile, dedita agli eterni piaceri carnali.

Due file perfette di denti bianchi e luccicanti adornavano la sua piccola bocca come collane di perle, e le sue labbra rosso scuro imploravano, come sirene omeriche, di essere morse brutalmente.

La sua pelle era scura e la sua figura snella era davvero sorprendente.

Era dotato di una vita molto sottile a forma di anello.

Con forti seni pulsanti e simmetrici del 95 ° C, sormontati da grandi areole nere e deliziosi capezzoli marroni che risaltavano continuamente.

E fianchi larghi, capaci di trattenere eroi di un'epoca epica.

Il suo sedere era grosso, rotondo e un po 'paffuto, avrebbe dovuto perdere almeno sette chili, ma era soda e tonica al massimo.

Le sue cosce erano curve e succulente ei suoi polpacci erano ben fatti e piuttosto ispidi.

Julieta andò direttamente allo spogliatoio delle donne e si tolse la maglietta e i jeans.

Si sbottonò e si tolse il reggiseno, rilasciando i suoi seni voluttuosi e si tolse le mutandine bianche.

Aprendo il suo armadietto, ha scelto un perizoma di raso rosso, che ha subito indossato, e un paio di tacchi alti bianchi insieme al suo vestito da cameriera - la direzione era molto interessata all'argomento che tutte le cameriere dovrebbero indossare perizoma, tacchi bianco alto e senza reggiseno.

Julieta indossò il suo vestito, si aggiustò il grembiule bianco intorno alle spalle e alla vita, indossò i tacchi alti e andò dritta in cucina.

Su un grande tavolo trovò un vassoio carico della tipica colazione da motel e un giornale finanziario.

Un piccolo libro bianco indicava la sua destinazione: stanza A4, signor Sánchez.

Sánchez era un uomo bianco dai capelli grigi di 58 anni, recentemente divorziato, la cui moglie lo aveva cacciato di casa perché sembrava non guadagnasse mai abbastanza soldi per sostenere le loro vite.

Era una persona molto gentile e gentile e Juliet si chiedeva sempre se il motivo di cui sopra fosse l'unico motivo per cui sua moglie lo lasciava.

Lavorava come venditore per una compagnia di assicurazioni e non era mai in ritardo con i pagamenti, anche se i suoi vestiti erano economici e la sua macchina era un modello di vent'anni.

Il signor Sánchez era alto un ottantenne e aveva una solida corporatura grazie agli anni trascorsi come operaio edile in gioventù.

Il suo viso era bruciato dal sole e leggermente rugoso, ma era molto bello.

Aveva un po 'di grasso nella pancia, ma le mani e le gambe erano abbastanza muscolose.

Julieta si è sempre sentita dispiaciuta per lui e non ha mai protestato quando ha detto beffardamente "era il suo padrino".

In realtà ne amava il suono!

Julieta: "Señor Sánchez, questa è Julieta. Potrebbe aprire la porta? Le ho portato la colazione."

Sig. Sánchez: "Aspetta un attimo Julieta. Sono appena uscita dalla doccia. Dammi un minuto per mettermi la vestaglia e io apro la porta ... Entra, tesoro."

Juliet: "Grazie, signore."

Entrando nella stanza, Julieta notò che il signor Sánchez indossava una vestaglia corta che era socchiusa e che gli copriva a malapena le cosce.

La vista del suo petto ampio e peloso e delle gambe muscolose e muscolose le fece tremare dolci e persistenti lungo la schiena.

Lei arrossì e dopo aver preso un respiro profondo, si passò la punta della lingua sul labbro superiore, raccogliendo le gocce di sudore che vi si erano raccolte.

Julieta: "Dove devo lasciare il vassoio, signor Sánchez?"

Sig. Sánchez: "Fammi prendere il giornale ... Puoi lasciare lì il vassoio ... Sul tavolino ..."

Julieta si voltò e si avvicinò al tavolo, assicurandosi di muovere i fianchi il più ritmicamente e sessualmente possibile.

Sapeva di poter lasciare il vassoio lì, piegando leggermente le ginocchia e abbassando il corpo verticalmente, ma scelse l'altra opzione.

Prima si è avvicinata molto al tavolo e poi ha iniziato ad avvicinarsi, esponendo il suo sedere al signor Steven molto lentamente.

Il tessuto del suo mini vestito iniziò a sollevarsi, scoprendo centimetro dopo centimetro: prima la parte posteriore della parte superiore delle cosce, poi il cavallo insieme alle estremità delle natiche, e infine il perizoma rosso che era sepolto tra le sue natiche paffute e tremanti.

Come se non bastasse, rimase in quella posizione per un bel po 'di tempo, muovendo il sedere da sinistra a destra, fingendo di pulire il piano del tavolo con un tovagliolo bianco.

Il signor Sánchez si era già seduto su una sedia, cercando di leggere il suo giornale, quando notò i movimenti maliziosi di Julieta.

La sua bocca si aprì e poi un enorme sorriso balenò immediatamente sul suo viso.

Avvolse il giornale e colpì il sedere di Juliet molto delicatamente.

Juliet si dimenò un po 'come colta alla sprovvista e si voltò, aggiustandosi nervosamente la gonna.

Julieta: "Ohhh! Mr. Sánchez!"

Mr. Sanchez: "Ragazza cattiva! Non dovresti farlo quando il tuo 'Padrino' è qui. Non sai che è pericoloso giocare con il fuoco?"

Julieta: "Cosa ha fatto 'Padrino'? Sono una brava ragazza. Cerco sempre di comportarmi bene."

Sig. Sánchez: "Non dovresti mostrare il tuo culetto e soprattutto davanti al tuo 'Padrino'. Dove sono le tue maniere? Hai dimenticato dove sei? Forse hai bisogno di una lezione. Hai davvero bisogno di disciplina."

Juliet: "Oh no 'padrino'! Per favore, non farmi del male. Non volevo mostrarti il mio sedere, è stato un incidente. Per favore perdonami 'padrino'! Non farmi male al mio culetto. No!"

Sig. Sánchez: "Hai bisogno di una bella pestata! Questo è quello che ho da dire. Sai, le regole della casa sono molto rigide e devi pagare per questo. Non posso lasciare che accada di nuovo. Vieni qui!"

Julieta rise e andò dal signor Sánchez, facendo oscillare i suoi meravigliosi fianchi come una top model professionista.

Il signor Sánchez le ha ordinato di sdraiarsi sulle sue ginocchia.

Juliet giaceva lì, stringendo le sue tette voluminose, quella sinistra sulla sua coscia sinistra e quella destra sulla sua pancia.

Poi ha alzato il sedere per dargli un accesso migliore e ha atteso con impazienza la prossima svolta degli eventi.

Il signor Sanchez si arrotolò la minigonna, esponendo il suo culo paffuto dall'aria innocente, e iniziò a impastare e massaggiare le sfere pulsanti come un abile fornaio.

Non poteva fare a meno di premere e spremere la carne liscia e scura come un maniaco, e gli piaceva soprattutto il modo in cui sporgeva tra le sue nocche, quando la "schiacciava" deliberatamente, usando le dita come pinze.

Inoltre, le è piaciuto molto separare le sue montagne carnose dal culo il più possibile, costringendo la corda di raso a scomparire nei suoi buchi, mentre inspirava profondamente.

Allo stesso tempo, il forte odore di sudore si mescolava ai succhi sessuali che il suo corpo diffondeva ampiamente ovunque.

Dopo aver riempito il culo paffuto di Julieta con numerosi segni rossi (non erano facilmente distinguibili sulla sua pelle scura) dalle sue impronte digitali, il signor Sánchez ha preso il giornale arrotolato nella mano destra e gli ha subito dato un leggero colpo.

Juliet si dimenò ed emise un lungo gemito lamentoso, appositamente progettato per sciogliere l'iceberg più grande del mondo in una frazione di secondo.

Il signor Sánchez non aveva più bisogno di ascoltare.

Iniziò a colpirle le natiche quasi nude con il giornale arrotolato, come se fosse frenetico, infliggendo colpo dopo colpo con incredibile precisione, ma facendo attenzione a non ferirla troppo.

Con tutto il corpo in aria, sorretta solo dalle cosce del signor Sánchez, Julieta 'piagnucolava' e 'scalciava' come una bambina, mentre continuava ad alzare e abbassare i polpacci, uno dopo l'altro, come una star di un film porno .

Juliet: "Aouchhh! Padrino! Sei così cattivo! Il mio sedere è in fiamme! ... Ow! Smettila di farmi male al mio culetto! Per favore padrino ... farò quello che vuoi ... "

Sig. Sánchez: "Il tuo culo grasso ha bisogno di una punizione severa, piccoletto. Ti ho detto molte volte di non espormi il tuo sedere poco vestito. Non sai che sono eccitato? Cosa direbbe tua madre se fosse qui? Sei qui? cercando di sedurre il tuo vecchio padrino? Che puttana sei! "

Juliet: "Mmmmm ... Ahi ... Padrino! Come potrei sedurre il mio vecchio padrino? Sono solo la ragazza del mio padrino ... Ho notato il modo in cui mi guardi il sedere ogni volta che mi chino. .. Volevo solo darti una visione perfetta del mio culetto ... L'ho fatto solo per te, padrino ... "

Sig. Sánchez: "Stavo cercando di leggere il mio giornale ... Questa era l'unica cosa che avevo in mente, finché non sei arrivato ... Mi hai distratto ..."

Juliet: "Oh padrino! Non volevo ... Ma ... sento qualcosa nello stomaco ... Qualcosa sta salendo sotto il mio stomaco ... un grosso nodulo che sta cercando di perforare il mio ombelico ... Cosa è quel padrino?

Sig. Sánchez: "Ce l'hai fatta! Congratulazioni! Ho perso completamente il mio autocontrollo. Come farò a leggere il mio giornale adesso? Dannazione ..."

Juliet: "Oh, non preoccuparti, padrino. Se vuoi posso occuparmi del tuo" piccolo problema ". Lasciami rimediare a tutto ciò che ti ho causato. So benissimo che la tua" cosa "gonfia ti sta dando del filo da torcere. Potrei aggiustarlo sul posto ... Per favore, padrino, fammi provare ... "

Mr. Sánchez: "Ummm ... Molto bene ... ma non dirlo a tua madre! Lo prometti!"

Juliet: "Non lo farò ... lo prometto ..."

Julieta si alzò e prese felicemente una posizione tra le cosce aperte del signor Sánchez.

Si mise in ginocchio e si accoccolò sottomesso tra i suoi piedi pelosi.

Il signor Sánchez indossava i suoi occhiali miopi, li prese pigramente e aprì il giornale.

Julieta si slacciò la cintura e si aprì completamente la vestaglia, esponendo il suo cazzo duro come la roccia e i testicoli raggrinziti.

Il suo membro era lungo circa sedici centimetri, largo cinque e circonciso.

La testa era di colore rosa scuro e abbastanza larga da sembrare la cima di una specie di fungo velenoso.

L'arto era leggermente inclinato a sinistra, mentre molte strisce color malva erano sparse lungo la sua lunghezza.

La grande vena sotto il suo cazzo era estremamente grassa e gonfia e il pensiero della grande quantità di sperma che poteva trasportare fece sì che Juliet si mordesse il labbro inferiore in attesa.

Julieta baciò dolcemente la grande testa del suo cazzo, e come avrebbe dovuto mostrare un po 'di rispetto al suo vecchio "padrino", gli mise le mani sui polpacci.

Fece scivolare solo la testa tra le sue labbra serrate e iniziò a far scorrere le mani sui suoi polpacci.

La sua piccola lingua iniziò a disegnare cerchi attorno al buco rosa mentre le sue lunghe unghie rosse le graffiavano lentamente la pelle dei polpacci.

Il gioco incessante della lingua di Julieta nel suo buco sensibile era il più dolce tormento che il signor Sánchez avesse mai provato: sua moglie toccava appena il suo organo rigido, tanto meno se lo metteva in bocca.

Solo spingendosi al limite riesce a reprimere l'irresistibile voglia di spingere il suo cazzo in profondità nella sua bocca, con un unico movimento a scatti, riempiendole completamente la gola e soffocandola fino a soffocarla.

Juliet stava succhiando e mordicchiando la testa come se stesse assaporando un delizioso gelato, mentre contemporaneamente scuoteva la pelle del membro su e giù con la mano destra e gli accarezzava la coscia destra con l'altra.

Il signor Sánchez non poté farne a meno e iniziò a gemere, chiedendosi quanto sarebbe durato.

Voleva che durasse per sempre, quindi ha cercato di concentrarsi sulla lettura della pagina del mercato azionario, non volendo sparare troppo presto.

Era uno sforzo duro e laborioso, poiché Juliet aveva iniziato a scuotere la testa in modo aggressivo, girando la testa a destra ea sinistra e ingoiando sempre di più la lunghezza del suo cazzo.

All'improvviso, lasciò che il suo cazzo le uscisse completamente dalla bocca con un suono "PLOP" e scese ai suoi testicoli.

La sua mano destra colpì il suo organo sulla pancia e la sua lingua iniziò a scorrere lungo e intorno alle palle pelose.

Il signor Sánchez ha accolto con favore quella piccola pausa perché stava per strappare il giornale e riempirsi la bocca calda con il suo prezioso liquido appiccicoso senza preavviso.

Juliet era nel suo mondo a leccare e succhiare quelle grandi palle pelose e non le importava di ingoiare anche dei vecchi capelli grigi.

Si metteva impazientemente palla dopo palla in bocca, succhiando quanto più poteva come un aspirapolvere; Voleva divorare quelle "uova" morbide così tanto che non gli sarebbe importato se uno di loro gli si fosse bloccato in gola.

Dopo aver spalmato quelle rughe con la sua saliva, ha messo la lingua alla base del suo cazzo e si è fatta strada fino alla sua testa.

Quando raggiunse la cima, deglutì immediatamente la testa e iniziò a far scorrere lentamente le labbra, cercando di far entrare tutto nella sua bocca, se possibile.

I primi pollici erano facili da maneggiare, ma poi il compito è diventato più difficile.

Spalancò la bocca e poi lentamente ma con fermezza iniziò a spingerla, stringendo i centimetri in più nella sua gola scivolosa.

Sembravano passate ore quando le sue labbra raggiunsero la base del suo cazzo, ma in realtà erano solo un paio di minuti.

Soffocò rumorosamente e gettò indietro la testa, lasciando che il cazzo luccicante del signor Sanchez oscillasse da sinistra a destra come un pendolo marmorizzato.

Juliet ha preso un respiro profondo e immediatamente ha afferrato il suo cazzo e glielo ha spinto di nuovo in bocca come una tigre affamata.

Scosse frettolosamente la testa su di lui un paio di volte, e poi, scuotendo costantemente la testa a sinistra ea destra, riuscì a scavare di nuovo in lei.

Quando sentì le narici riempirsi dei suoi peli pubici, capì di avercela fatta.

Ha celebrato la sua vittoria girando le sue labbra serrate attorno alla base del cazzo del signor Sanchez per un bel po 'di tempo, finché non ha sussultato.

Il signor Sánchez non osava staccare gli occhi dal giornale e vedere cosa gli stava facendo Julieta, perché se l'avesse vista scopare con la bocca, sarebbe sicuramente esploso in una gigantesca ondata di sperma, capace di demolire l'intero motel, la città più vicina e solo Dio sapeva cos'altro.

Senza avere idea della situazione del signor Sánchez, Julieta era tornata ai suoi "doveri" senza ulteriori indugi.

Gli aveva cullato le palle con la mano sinistra e stava ancora alimentando la sua bocca ricettiva con il cazzo scivoloso del signor Sánchez, assicurandosi di strofinare anche la sua testa sul palato.

Il signor Sánchez iniziò a sentirsi a disagio e Julieta lo sentì immediatamente.

Pensava che al signor Sánchez non piacesse particolarmente quel tipo di trattamento, anche se molti uomini sarebbero morti per questo, così ha deciso di strofinarsi la testa in un punto molto più morbido sulla bocca.

Obbediente, inclinò la testa a sinistra e guidò l'organo rigido nella guancia destra.

La voluminosa testa del cazzo del signor Sanchez ha immediatamente distorto la sua guancia destra in misura incredibile.

Julieta era estremamente felice quando lo ha sentito gemere come un animale ferito e ha continuato a scopare con la sua guancia morbida muovendo la testa inclinata su e giù molto velocemente.

Mr. Sánchez: "Dannazione ragazza! Mi farai venire un infarto ... Voglio venire! PROPRIO ADESSO! Smetti di fare quello che stai facendo e lasciami correre ... Voglio venire anche se questo è il momento L'ultima cosa che farò ... Togli la tua bocca insaziabile ... FALLO ORA! "

Julieta: "OH, SEÑOR SÁNCHEZ! Temo di non poterti permettere. Dopo tutti gli sforzi che ho fatto finora, penso di meritare di più. Non ho ancora 'mangiato' il tuo tesoro!"

Sig. Sánchez: "Sei pazzo? Di cosa stai parlando? Smettila di mormorare e levati di dosso. Cosa credi di aver fatto per tutto quel tempo? Mi stai mangiando vivo! Ora, vai via, voglio andare. Mi succederà qualcosa di brutto se non espello il mio seme ora! "

Juliet: "NESSUN MODO! Non sai cosa ho in serbo per te. Quando ho detto che non avevo 'mangiato' il tuo cazzo, intendevo sul serio! Letteralmente! Tieni presente che non ho fatto colazione quindi ho fame. Quindi dammi un secondo e vedrai cosa intendo ... "

Mr. Sánchez: "Dolce Gesù! Cosa mi succederà? Cosa sta facendo questa ragazzina pazza? Non oso pensare ..."

Julieta si avvicinò al tavolo dove aveva lasciato il vassoio e prese due fette di pane.

Si è inginocchiato davanti al signor Sánchez e ha messo il suo cazzo tra le fette.

Il signor Sánchez non poteva credere a quello che vedeva.

Quella piccola troia stava davvero per divorare il suo membro sfortunato!

Ha cercato di protestare, ma era troppo tardi per quello.

Juliet aveva già imprigionato il suo cazzo tra le fette ed era pronta a provare il suo delizioso "panino".

Ha succhiato la punta del suo cazzo per farlo rilassare e poi ha preso un grosso boccone dal suo panino, senza danneggiare la carne pulsante del signor Sánchez.

Ingoiò e poi succhiò ancora una volta la testa voluminosa prima di prendere un altro morso.

Il signor Sánchez scosse involontariamente la schiena e seppellì più del suo cazzo nella sua bocca.

Glielo succhiò in fondo alla gola insieme ad un po 'di pangrattato che il signor Sánchez sentì solleticare la sua pelle sensibile.

Julieta se lo lasciò uscire di bocca e iniziò a sgranocchiare e succhiare la morbida crosta delle fette che ancora coprivano la testa, rompendole completamente.

Il signor Sánchez gemette rumorosamente e si lanciò in avanti come se cercasse di raggiungere il soffitto della stanza solo con la punta del suo cazzo.

Il suo cazzo iniziò a sparare ovunque come una mitragliatrice calibro cinquanta, attingendo alle sue ultime riserve di sperma che non venivano usate da anni.

Juliet afferrò il martello della pompa e lo guidò verso il suo viso.

Era consapevole del pericolo di giocare con un'arma carica incontrollabile; dopotutto, aveva lavorato molto duramente per le sue "munizioni".

Un grande getto di quella "pistola obsoleta" l'ha colpita all'occhio sinistro, un altro le è andato dal ponte del naso e un terzo si è perso dietro la sua testa.

Julieta pensò che non fosse saggio sprecare tali preziose "munizioni" come quella e immediatamente gliele puntò alla gola, scuotendo il membro molto velocemente e posandogli le lunghe unghie sui testicoli.

Il signor Sánchez ha sparato altri colpi direttamente in gola e poi è crollato sulla sedia, completamente esausto.

Juliet ingoiò tutto e poi, con evidente piacere, prese il suo cazzo morbido e se lo strofinò delicatamente sulla fronte, sugli occhi, sul naso, sulle guance e sul mento, mentre il liquido seminale gocciolava ancora.

Quindi, ha preso i resti delle fette di pane e li ha usati per pulire lo sperma dal viso.

Li ha anche usati per pulire e asciugare il cazzo del signor Sánchez.

Juliet ora potrebbe fare la sua meritata colazione!

Mangiò le fette con estremo piacere e si leccò le dita come un gattino felice.

All'improvviso vide delle briciole di pane intrappolate tra i peli pubici del signor Sánchez ...

Bene che diamine! C'è sempre un secondo round!

FINE

27

BENVENUTO SELVAGGIO
ERIKA SANDERS

29

Susan era sdraiata sul divano a pensare al suo partner.

Lo amava con tutto il cuore e il suo sogno era che facesse quello che voleva da lui con i preliminari.

Leccala e succhiala finché non vale la pena morire per il suo livello di estasi.

Quindi scopala con un sesso più potente della creazione.

È stata una notte così noiosa.

Susan era sdraiata sul divano con il reggiseno di seta rosa e le mutandine a guardare un film.

Ma Susan stava pensando al suo ragazzo, al suo bel corpo, agli occhi verdi e ai capelli castano scuro.

La lingua di Susan spuntò dalle sue labbra mentre pensava a lui, lussuria riempiendo la sua mente e il suo corpo.

Proprio in quel momento, Susan sentì aprirsi la porta, era finalmente arrivato.

Eccitata e bagnata, balzò in piedi e corse verso la porta.

Rimase lì con i suoi jeans e una maglietta bianca.

Entrò nella stanza notando i seni belli e sollevati di Susan mentre quasi le cadevano dal reggiseno per l'eccitazione.

Afferrandola per la vita, la tirò a sé e la baciò profondamente.

"Sono così fottutamente eccitato," sussurrò Susan con la sua bocca calda e bagnata. "Fottimi ora."

Non avendo bisogno di un secondo invito, spinse Susan verso il tavolo della cucina.

Si tolse la camicia e spense le luci, oscurando la stanza.

Susan giaceva sul tavolo, i suoi capezzoli che ora sbirciavano dal suo reggiseno bianco e una macchia bagnata che si formava sulle sue mutandine abbinate.

Si avvicinò a lei, formando un grumo nei suoi jeans.

Si china su Susan baciandole delicatamente la pancia, leccandola.

Susan ansima di piacere e le sue mani gli afferrano la testa per avvicinarlo.

Continuò a leccarle e baciarle la pancia, di tanto in tanto scendendo sulla sua figa, ancora coperta dalle sue mutandine, per soffiare aria calda su di lei.

Si afferra la biancheria intima con i denti, tirandoli giù con un rapido movimento.

Li lancia sul tavolo e annusa i loro pub.

Susan inizia a gemere e respirare affannosamente.

Seppellendo il viso nella sua figa bagnata, alza la mano per toglierle il reggiseno.

Il seno vivace di Susan si riversa sulle sue mani morbide.

Leccò di nuovo delicatamente la fessura di Susan prima di avvicinarsi al frigorifero.

Aprendolo, tirò fuori una ciotola di fragole. Ne prese due, mettendone una sulla pancia di Susan e l'altra tra i suoi seni.

Le leccò l'ombelico e la mangiò più tardi.

Continuò a leccarle il corpo dal basso verso l'alto e alla fine passò alla fragola successiva.

Leccando la scollatura di Susan, muove la fragola su e giù tra i suoi seni.

Susan geme per la sensazione insolita.

Continua a spostare la fragola più in basso e più in basso nel corpo di Susan, fino a quando non raggiunge la sua figa spingendo la fragola con la lingua.

Susan ansimò e vide la sua figa contrarsi con la fragola coperta nei suoi succhi.

Ha spinto la fragola più a fondo nella sua figa.

La coprì con la bocca, succhiando delicatamente fino a quando la fragola tornò in bocca; ora coperto di succhi dalla figa di Susan.

Sorseggiando la fragola, la mangiò e si mosse per girare Susan sul suo stomaco.

Con il sedere in aria, lo accarezzò.

Schiaffeggiò dolcemente Susan sul culo, prima di tuffarsi nel suo culo e leccarlo, lasciando succhioni su tutto il sedere.

Lì vicino c'era un barattolo di miele, allungò la mano e lo sfregò sulle labbra di Susan.

Poi spinse la lingua dentro di sé facendo gemere Susan.

Ha succhiato la lingua in profondità nella sua figa.

Gemendo ad alta voce, Susan disse:

"Fottimi ora."

Si tolse i jeans, il suo cazzo stava per esplodere.

Ora nudo, il suo cazzo sporge grande e forte.

Afferrò Susan, facendo scorrere le mani sulle sue cosce interne mettendo il suo cazzo appena dentro la sua entrata.

Si strofinò la testa contro la sua umidità; Delicatamente, aprì le labbra e fece scivolare delicatamente la testa del suo membro.

Un gemito sfuggì alle labbra di Susan mentre sentiva la punta del suo membro entrare in lei.

Susan gemette più forte mentre faceva scivolare il resto del suo enorme cazzo duro nella sua figa.

Mentre la riempiva tutta, lei strinse le pareti della sua fica, provocando un gemito da parte sua.

Cominciò a pompare il suo cazzo dentro e fuori dalla figa di Susan, guidando sempre di più ad ogni colpo.

Continuò a picchiare la sua figa facendo gemere Susan sempre più forte.

Afferrandole le cosce, colpì più forte che mai, ringhiando mentre invadeva il corpo di Susan con il suo enorme cazzo.

Susan urlò:

"Mi sento così bene, piccola, fottimi più forte."

Batté più forte il suo cazzo nella fica di Susan, sentendo l'accumulo di sperma alla base del suo cazzo.

Le sue palle colpiscono il sedere di Susan con il movimento di lui.

Susan emise un lungo gemito e cominciò ad avere un orgasmo selvaggio, la sua figa gli stringeva il cazzo, quindi iniziò anche un orgasmo.

Lo sperma spuntò dal suo cazzo, il primo schizzo entrò nella figa di Susan.

Ma si ritirò, lasciando il resto a spruzzare il suo corpo.

Proprio quando il suo orgasmo iniziò a placarsi, le infilò le dita nella figa pompandole rapidamente, mandando di nuovo Susan all'orgasmo.

Gemendo e muovendosi attraverso il tavolo, Susan lo tirò su di lei e lo baciò profondamente.

Il suo sudore e il suo seme si mescolavano tra i due corpi.

Dopo aver rilassato entrambi disse:

"È bello essere ricevuti così".

FINE

35

TRADITO
ERIKA SANDERS

37

Capitolo I

Becky sentì il suono della chiave nella serratura.

Corse giù per le scale, accese la luce del corridoio e aprì la porta.

Jack era lì sotto la pioggia, con il cappuccio sopra la testa, la chiave si fermò in mano mentre i suoi occhi scuri la fissavano.

"Oh mio Dio, sei venuto" disse Becky allegramente.

Saltò in avanti e gli avvolse le braccia attorno alle spalle, abbracciandolo, sentendo la pioggia che copriva il suo cappotto infilarsi nella parte superiore dei suoi vestiti attillati.

Non le importava.

Il suo uomo era qui e questo era tutto ciò che contava.

Liberò Jack da un abbraccio effusivo e gli mise le mani bagnate sul viso.

La sua espressione seria non era cambiata.

"Cosa c'è che non va?" Ha detto.

"Dobbiamo parlare."

Becky si sentì sussultare lo stomaco, ma si fece da parte per far entrare Jack e togliersi gli stivali bagnati.

Entrò nel soggiorno, sfregandosi nervosamente le braccia mentre aspettava che Jack le desse la brutta notizia, qualunque essa fosse.

Quindi entrò nel soggiorno, sempre con un'espressione seria sul volto scarno.

"Dacci da bere, per favore", ha detto.

Becky si avvicinò al carrello dei liquori e servì due grappe.

La sua mano tremò mentre allungava uno degli occhiali e beveva rapidamente la sua.

Jack si avvicinò alla sedia con i suoi calzini piuttosto umidi.

L'immagine che ha dato in quel modo era un po 'divertente.

Avrebbe riso se non fosse stato per il momento teso.

Si sedette sul bordo del sedile, non accomodante, non togliendosi il cappotto mentre si preparava a dare la cattiva notizia.

Bevve un sorso di brandy prima di parlare.

"Sa tutto di noi", disse dopo aver preso il liquore con un ultimo sospiro.

Becky sentì le sue ginocchia indebolirsi, il suo cuore battere forte.

Un altro bicchiere di brandy è stato versato.

Si avvicinò al divano di fronte a Jack e si sedette.

"Come?" Disse dopo un altro sorso di liquido caldo.

"Ho detto."

Becky si accigliò.

"Gliel'hai detto? Per che diavolo?"

"Non ce la faccio più."

Becky si alzò.

Per favore, dimmi che mi stai prendendo in giro, Jack.

Scosse la testa negandolo.

"Perché dovresti dire a tua moglie che la tradisci?"

Jack alzò gli occhi da sotto le sopracciglia folte che lo facevano sembrare un cucciolo birichino.

"Non riuscivo a vederla indifferente e calma mentre continuava a nascondere il nostro sporco segreto."

'Il nostro sporco segreto È tutto per lui? Pensò Becky.

"Beh, cosa ha detto?" Disse Becky, fingendo di non aver sentito l'ultimo commento mentre camminava da un lato all'altro della stanza.

"È disposta a darci un'altra possibilità. Se questo si ferma."

Becky smise di camminare e guardò il viso di Jack.

"Noi? Vuoi dire che tu e lei siete insieme dopo averglielo detto?"

Jack annuì.

"Mi lascerai così? Perché lo dice?"

"Lei è mia moglie."

"E io cosa ero?"

"Sai cos'era. Ti avevo detto che non avrei mai lasciato mia moglie. Questo era sempre sesso tra te e me."

'Sai cos'è stato. Passato. Era già finito nella sua mente. Come ha potuto farmi questo?'

Nonostante avesse detto che non avrebbe mai lasciato Mary, Becky pensò che potesse convincerlo che era davvero la donna di cui aveva bisogno.

E non è così?

Sembrava di no.

Jack aveva finito di bere e si alzò per andarsene.

Becky gli si avvicinò.

"Tutto qui, allora?" Disse lei, guardandolo rabbiosamente. "Lo lasceresti cadere così e te ne andresti?"

Jack sospirò mentre la allontanava per andare in fondo al corridoio.

"Becky, ho figli", disse, esasperato ora.

Oh no, non se la sarebbe cavata facilmente.

Prima tutto era complimenti e messaggi beffardi ed erotici, con molti baci alla fine per farmi deliziare.

Questo è quello che fanno tutti, per ottenere ciò che vogliono.

Poi, quando ne hanno avuto abbastanza, diventano difensivi e cercano di sbarazzarsi di te.

La vera faccia di Jack era ora mostrata.

Non era stata altro che un pezzo di carne per lui, una scopata facile.

Feccia.

Una puttana

Questo era il modo in cui gli uomini l'avevano sempre trattata. Jack non sarebbe stato diverso.

"E allora? Molte persone divorziano oggi. I bambini lo superano. Hanno ancora entrambi i genitori", disse freddamente.

"Sono bambini, Becky," scattò Jack. "Hanno bisogno di una famiglia. Sicurezza. Un papà che è sempre in giro. Non uno che si presenta alcune volte alla settimana."

Per quanto riguarda me? pensò un po 'egoisticamente.

La donna che non può avere figli.

La donna che sarà sempre e sempre permanentemente sterile, incapace di dare a un uomo una famiglia.

Il fenomeno.

Quello raro.

Quello che è buono solo per divertirsi, per scopare.

Chi la amerebbe davvero?

"Andrò a casa tua", minacciò. "Le dirò cosa abbiamo fatto. Come mi hai portato nel bosco in macchina e mi hai scopato sul sedile posteriore. Dove i suoi figli siedono tutti i giorni durante il viaggio a scuola. Come mi hai portato nello stesso ristorante in cui le hai proposto Vedi se poi cambia idea. "

Jack si voltò all'ingresso, lasciando le dita sul cappuccio che stava per sollevare sopra la sua testa.

"Non lo farai".

"Guardami."

Becky vide, per la prima volta, uno sguardo negli occhi di Jack che aveva visto in molti uomini prima.

Disgusto.

Ciò che avevano avuto tra loro, qualunque cosa fosse stata per lui, era sparito.

Sapeva che non l'avrebbe mai recuperato.

Il labbro superiore si incurvò mentre si passava il cappuccio sulla testa e si chinava per afferrare gli stivali.

Becky sentì il calore sbiadire dalla sua carne, la fredda sensazione di essere lasciato indietro.

Abbandono.

L'aveva sentito troppe volte prima.

"Non puoi lasciarmi, Jack," supplicò, sentendo il flusso familiare di lacrime che le saliva dagli occhi.

"È finita", disse bruscamente, la sua voce si arrotolò per la rabbia.

"Non farmi questo, Jack. Per favore!"

Lui annodò il laccio dello stivale e si raddrizzò, scrutandola da sotto il riparo del suo cappuccio.

"Non avvicinarti più a me o alla mia famiglia. In tal caso, chiamerò la polizia."

Alzò la mano e lasciò cadere la chiave sul pavimento.

La chiave che gli aveva dato nella speranza che potesse vederlo come la sua vera casa, dove alla fine sarebbe venuto a vivere in modo permanente.

Fu l'ultima pugnalata nel suo cuore.

Sbatté sulla porta e fece un rapido passo nel giardino.

Becky era in piedi sullo zerbino, le sue guance luccicavano di lacrime nella luce intensa del soggiorno, osservando la sua figura alta avanzare nella pioggia.

Lontano da lei.

Di nuovo alla sua famiglia.

Fuori dalla sua vita per sempre.

Capitolo II

Becky si guardò dentro il bicchiere e si sentì girare la testa.

Il whisky ha lasciato un sapore aspro e amaro sulla sua lingua.

Con le dita tremanti sul vetro, lo raccolse e lo gettò sul muro del camino.

Si scontrò con lo specchio, facendo esplodere frammenti di vetro e poi precipitò sul pavimento e sul folto tappeto.

Saltò giù dal divano e si diresse al telefono.

Le lacrime le salirono negli occhi mentre afferrava l'auricolare, ma disse che non avrebbe più pianto.

Si morse il labbro, componendo con determinazione il numero.

Dopo qualche istante, rispose una voce maschile acuta.

"Ciao?"

"Harry, questo è Becky," disse, soffocando la sua ubriachezza con un soffio.

"Becky? Gesù, perché chiami proprio adesso? Sono le due del mattino."

"Scusa. Ho solo ... ho bisogno di stare con qualcuno."

"Cosa? Proprio ora?"

"Sì."

Udì un fruscio dall'altra parte della fila, il fruscio delle sigarette di Harry che si asciugava la gola mentre si muoveva attorno al letto.

"Mi stai davvero svegliando per una scopata nel mezzo della mattina?"

Becky sentì un nodo allo stomaco alle sue parole.

E se davvero non avesse bisogno di qualcuno che si soddisfacesse?

Tuttavia, a Harry non importava.

Era solo un uomo tipico con solo una cosa in mente.

Ha fermato la tentazione di esplodere.

"Perché no? È un momento buono come un altro", disse, un po 'agitata.

"Devo essere sveglio alle sei."

"E allora? Puoi dormire domani sera. E almeno andrai a lavorare soddisfatto invece di sbadigliare."

"Sono devastato in questo momento. L'unico modo per evitare di sbadigliare al lavoro è qualche ora in più di sonno e non esercizio fisico."

Becky si pizzicò le labbra per la frustrazione e afferrò le sue sigarette che erano posizionate accanto al telefono.

Ne accese una e fece un lungo, profondo succhiare, poi si strofinò la tempia con il pollice mentre rilasciava il fumo denso.

"Farò quello che vuoi", disse, e la nicotina gli diede abbastanza forza per cercare di sedurlo.

"Il cosa?" Disse Harry.

"Ti infilo la lingua nel culo. Ti mangerò come un uomo mangia una donna."

Ci fu una pausa e sentì Harry pensare dall'altra parte.

Non molte donne erano disposte a mangiare il culo di un uomo e Harry aveva un ano particolarmente sensibile, la sua lingua aveva la capacità di far piegare e urlare tutto il suo corpo allo stesso tempo.

Tuttavia, stasera sembrava davvero stanco. Anche quello non era abbastanza per tentarlo.

"Oh Becky. Non avresti potuto chiamare un momento migliore?

"Mi metterò il guinzaglio. Ti faccio una lunga e fottuta scopata. È quello che vuoi, Harry? Uno. Lungo. Difficile. Scopata."

Harry sembrò nervoso e agitato quando rispose.

Becky sapeva che il suo cazzo era duro come una pietra sotto le coperte prima del suo esplicito e sudicio coraggio.

Ma qualunque cosa cercasse di tentarlo, sembrava che non si sarebbe mosso.

"Scusa, Becky. Devo passare. Che ne dici di venerdì sera?

Becky vide il posacenere sul tavolino e spense la sigaretta.

"Sei proprio come tutti gli uomini, vero? Pensi che scapperò quando dici. Beh, sai una cosa, Harry? Puoi fregarti. Quella è stata la tua ultima possibilità e hai rovinato tutto."

"Cosa ... Becky?"

"Ciao Harry. Dormi profondamente se puoi. Accidenti!"

Sbatté il telefono sul ricevitore.

Becky rimase seduta sul letto per un momento, con il cuore che le batteva forte, il sangue che le ribolliva, un milione di pensieri diversi che cercavano la precedenza nella sua testa.

Come hanno potuto fargli questo?

E di nuovo.

E perché ha continuato a lasciarlo fare?

Cadere ripetutamente nella stessa vecchia trappola.

Sapeva cosa avrebbero detto gli psichiatri.

Non ti dai abbastanza valore.

Come può aspettarsi di ricevere rispetto quando non rispetta nemmeno se stessa?

Bene, per loro è facile dirlo.

Vogliono sapere com'è sentirsi come una puttana che permette agli uomini di usare il suo corpo come se fosse uno straccio sporco.

Una madre che stava per scopare con i suoi fidanzati e ha lasciato la figlia sola a casa, fredda e affamata di nessuno che la desiderasse.

Una donna che l'ha convinta per anni che suo padre non l'amava.

Che li aveva abbandonati a causa sua.

Quando la verità era, era intimidito dalla sottomissione a cui era soggetto e troppo terrorizzato per tornare al suo regno di terrore.

Becky nascose il viso tra le mani e lasciò che le lacrime le inondassero i palmi delle mani.

Mi hai lasciato, papà.

Come hai potuto lasciarmi con quella cagna psicopatica?

Si sedette e si costrinse a fermare le lacrime.

La tristezza si tramutò in rabbia come la vibrazione di un interruttore.

Suo padre era un fottuto codardo.

Come tutti gli uomini.

Camminavano controllati dalle palle che oscillavano tra le loro gambe, ma non avevano il coraggio di usarle.

Solo una donna poteva farlo.

Il dolore era troppo.

Becky aveva bisogno di sesso.

Era l'unica cosa che l'avrebbe calmata.

Il sesso allevierebbe il dolore dentro di lei.

Dolore per non essere amato e per essere stato respinto, il che la faceva sentire una cagna sporca e usa e getta.

Per alcuni brevi momenti, un bacio appassionato, un desiderio lussurioso di portarla all'orgasmo e lei si sentirebbe guarita.

Tutto bene di nuovo.

Amato.

L'unico problema era che era diventata una dipendenza.

E una volta finito, dopo che gli uomini se ne andarono e tornarono con le loro mogli o la donna successiva disposta a allargare le gambe, quel luogo buio sarebbe tornato.

Fino alla prossima soluzione.

Becky non ce la fece più.

Bastava.

Questa volta qualcuno avrebbe pagato.

Capitolo III

La vendetta è dolce.

O almeno così dicono.

Becky rifletté su questo mentre si lavava i lunghi capelli neri nello specchio del comò.

Era nuda, a parte un paio di mutandine nere adornate con un fiocchetto rosso.

I suoi seni di quarantatré anni erano fermi come quelli di una donna di dieci anni più giovane.

Era uno degli aspetti positivi del non poter avere figli.

Ha mantenuto la sua figura e il suo splendido fascino per un tempo più lungo.

Mentre le setole della spazzola le scivolavano tra i capelli, provò una calma che non sentiva da anni.

Qualcosa stava finalmente generando dentro di lei.

Non sarai più una vittima.

Lei stava lottando.

Sarebbe diventata una guerriera.

Ha scelto un rossetto rosso scuro dal suo trucco e lo ha applicato con cura sulle labbra, aggiungendo un po 'di pienezza dando un millimetro in più attorno al bordo.

Il colore completava i suoi capelli scuri e la pelle olivastra, dandole un aspetto leggermente mediterraneo che non avrebbe potuto essere più lontano dalla sua eredità britannica.

Doveva ammettere che stava bene.

Potrebbe avere una voce un po 'brutta per così tante sigarette e un'infanzia fottuta, per non parlare del bere, ma sapeva come farsi vedere per fare sesso.

Aveva imparato quell'abilità da sua madre e quando si rese conto di quanto fossero difficili le ragazze del nord, aveva anche imparato a usarlo a suo vantaggio.

Le ragazze sexy avevano il potere.

Potevano controllare gli uomini con i loro corpi, il loro profumo e uno sguardo provocatorio.

Quando Becky lo prese in considerazione, si rese conto che era ciò che le aveva permesso di sopravvivere per così tanti anni.

Si alzò e andò allo specchio a figura intera.

Inclinando la testa di lato, si prese a coppa il seno.

Mise il broncio con le sue labbra appena dipinte.

Sì, sembrava abbastanza buono da mangiare qualcosa di appetitoso.

E anche per mangiarti, pensò con una risata sensuale.

Sul letto c'era un vestito rosso.

Corto.

Molto provocante

Scollatura bassa per mostrare le sue tette.

Lei gli fece scivolare i piedi nudi e lo tirò su lungo il corpo.

Guardandosi allo specchio, si voltò e lo abbottonò.

Ammira il tessuto setoso, stropicciato ai fianchi, accentuando la sua tipica forma a clessidra.

Accanto alla porta c'era una fila di scarpe col tacco alto.

Becky si avvicinò e fece scivolare i piedi in una coppia rossa.

Il colore di stasera era scarlatto.

Rosso per sangue e omicidio.

Capitolo IV

Il tassista si fermò fuori dal locale.

Becky notò che c'erano due gorilla vicino alle porte.

Pagò il tassista e uscì sulla strada illuminata dal lampione, l'aria dolce che toccava le sue spalle nude mentre la musica del club batteva sotto i suoi piedi.

Chiuse la portiera del taxi e si diresse verso l'ingresso, appoggiandosi alla spalla la tracolla della sua piccola borsa rossa.

Meeting Place era un moderno club per gentiluomini che era apparso in città un paio di anni fa.

Uomini di tutte le età sono andati lì nei loro ultimi abiti, immersi in bottiglie di lozione dopobarba, cercando di attirare le ragazze del nord che sono venute al suo profumo come cagna in calore.

Becky non ha fatto eccezione.

Ma stasera si è concentrata su un uomo in particolare.

Il posto era un alveare di attività, occupato per una notte infrasettimanale.

Un cantante si esibiva sul palco da un lato della stanza e il bar dall'altro era pieno di ragazzi più anziani curvi sui bicchieri di birra.

Uomini e donne sedevano in una vasta area piena di tavoli al centro della stanza, chiacchierando e guardando verso il palco.

Becky andò al bar e chiamò un bel giovane barista con il taglio di capelli da becco di una vedova.

"Ricky è qui stasera?" Chiese.

Il cameriere annuì. "Dietro a."

Becky le sorrise e si allontanò dal bancone, notando che gli occhi degli uomini più anziani si erano spostati dai loro drink a lei.

Si assicurò che avessero una buona vista del suo sedere mentre scompariva in un corridoio che conduceva agli uffici sul retro.

Ricky Morris era il proprietario di cinque locali notturni nella zona del Maine.

Aveva guadagnato i suoi soldi da accordi inaffidabili negli anni '90 e ha aperto la catena di club maschili che era stato un successo immediato con i ragazzi giocosi del Nord.

Era anche noto per aver lavorato con spogliarelliste e prostitute, fornendo loro clienti e tagliando i loro profitti.

Becky lo ha incontrato due anni fa al lancio di Meeting Place.

Di tutte le donne attraenti e le belle ragazze che erano lì quella notte, era stata lei ad avvicinarsi.

Forse riconosceva qualcosa di se stesso in lei, un tratto maschile che faceva appello alla sua natura ambiziosa e intraprendente.

Una donna che non si sarebbe inchinata o lusingata per i suoi soldi e il suo bell'aspetto.

Una donna che avrebbe giocato duro per ottenere ciò che voleva.

Becky bussò alla sua porta, ma non attese una risposta.

Entrando nella stanza, vide un lampo di carne e annusò l'inconfondibile profumo del sesso.

Una donna sui vent'anni giaceva sulla scrivania, i suoi seni nudi esposti attraverso un vestito che era ancora avvolto intorno alla sua vita.

Ricky la stava scopando in posizione eretta, i pantaloni neri attorno alle caviglie, il sudore che brillava sulla sua testa rasata.

Girò la testa all'interruzione.

"Fanculo." Si allontanò dalla donna e Becky vide il suo grosso cazzo, gonfio di eccitazione, scivoloso con il succo della donna.

Quando vide chi era entrato nella stanza, sospirò, si chinò e si tirò su i pantaloni.

La donna al tavolo si coprì il seno, cercando di nascondere il suo imbarazzo con una risata sensuale.

Piccola puttana, pensò Becky, camminando spudoratamente in ufficio.

Ricky si allacciò la cintura di pelle intorno alla vita quando scosse la testa perché la ragazza se ne andasse.

Continuando a coprirsi il seno, scivolò furiosamente dal tavolo, raccolse le scarpe col tacco alto e uscì in punta di piedi dalla stanza.

Ricky fece il giro della scrivania, lanciando un'occhiata a Becky, con il viso arrossato.

Prese un fazzoletto dalla tasca della camicia, si asciugò la fronte e allungò una mano in un cassetto per recuperare un portasigarette d'argento.

"A cosa devo il piacere?" Disse, aprendo la scatola e tirando fuori una sigaretta colorata.

Ne offrì uno a Becky.

Lei lo guardò mentre camminava verso la scrivania e prendeva una delle sigarette.

Era scarlatto.

"Controllare di nuovo la qualità della merce?" Disse, mettendosi la sigaretta rossa tra le labbra.

Ricky socchiuse gli occhi blu mentre accendeva la sigaretta e poi teneva l'accendino per accendere Becky.

"Qual è il tuo punto di interrompermi, venire qui senza preavviso?"

Becky prese un po 'della sigaretta accesa.

Soffiò via il fumo che strisciava verso il soffitto in un filo sottile.

"Vedo che sei stato occupato ultimamente."

Guardò il tavolo con un sorriso.

Le impronte di sudore dov'erano state le natiche della donna erano ancora presenti sulla superficie del vetro.

Ricky si sedette pesantemente.

Becky poteva quasi sentire il battito del suo cuore, il sangue continuava a pompare intorno al suo corpo dall'interruzione della sessione sessuale.

La studiò con curiosità.

"Hai finito?"

Becky scosse la testa.

"E allora? Noto qualcosa di diverso su di te."

Becky si tirò indietro i capelli e guardò il grande acquario che brillava dietro la testa di Ricky.

Grandi pesci in uno stagno molto piccolo, pensò ironicamente.

Poteva avere soldi e potere sulle donne, ma seduto lì sulla sua sedia senza idea di cosa stesse per succedere, era debole e patetico come qualsiasi altro uomo.

"Suppongo che debba essere a causa del tempo del mese", disse seccamente.

Si tolse la borsa dalla spalla e la posò con cura sulla superficie di vetro sul tavolo.

Ricky osservò i suoi movimenti con interesse.

Girò attorno alla scrivania e appoggiò i glutei sul bordo duro.

Ricky fece ruotare la sedia, si appoggiò allo schienale e la studiò.

"Non vedi l'ora di farlo", disse con attenzione.

"Quando non lo sono?", Rispose.

Ricky sorrise.

Lo adorava per lei.

Quell'appetito audace e disponibile per il sesso.

Soprattutto da una donna.

Lo ha reso duro in pochi secondi. Becky attese di vedere il suo cazzo risvegliarsi mentre muoveva il suo corpo per rivelare il suo seno.

"Sei una puttana" disse Ricky. "Niente ti ferma, vero? Neanche secondi sbadati in una cagna.

"Era solo l'antipasto. Sono il piatto principale. Il vero sesso."

Becky si sollevò il vestito sulla coscia e fece scorrere le dita tra le gambe.

Si era tolta le mutandine prima di uscire di casa, quindi aveva un facile accesso alle labbra nude tra le gambe.

Guardò Ricky e bevve un'altra boccata di sigaretta.

Il rigonfiamento che continuava a crescere nei suoi pantaloni gli diceva che avrebbe pianificato di essere dentro di lei in pochi secondi.

La sua figa si inumidì al pensiero, intensificata dalla consapevolezza che questa volta la soddisfazione sarebbe stata più dolce di qualsiasi altra.

Appoggiò le mani sulla superficie del vetro, lasciando tracce appiccicose della sua figa muschiata, e si mosse per posizionarsi direttamente di fronte a Ricky.

Mise entrambi i tacchi sulle braccia della sedia, allargando le gambe per dargli una visione completa di ciò che era tra le sue gambe.

L'eccitazione balenò negli occhi di Ricky mentre guardava in basso e vide il dolce nascosto sotto il vestitino rosso.

"Che cosa dovrei fare con quello?" Disse sardonico, alzando un sopracciglio.

Con i gomiti sul tavolo, Becky riuscì ancora a fumare mentre rispondeva con un sorriso sensuale.

Muto.

Ricky spense la propria sigaretta, schiacciandola spudoratamente sul vetro.

Respirò attraverso le sue narici, forse per avere un sapore profumato di ciò che doveva venire, immergendo le lunghe dita davanti alle sue belle labbra.

"Ti mangerò finché la tua figa non mi gocciolerà in bocca."

Becky formicolò sulla sua vulva mentre stringeva i muscoli.

Aveva sempre amato un ragazzo a cui piaceva mangiare la figa.

Ricky era felice di saturare la sua faccia nel suo succo, facendo cose con la lingua che lo avrebbero mandato altrove.

Sarebbe stato il modo più umano di andare, pensò.

Paura euforica.

Le sue grandi mani le toccarono le ginocchia e allargarono ulteriormente le gambe.

Becky lo guardò con cupo fascino, valutando l'eccitazione nei suoi occhi d'acciaio.

Si leccò le labbra scherzosamente.

Becky sorrise consapevolmente.

Quindi, prima che potesse fare qualsiasi altra cosa, la sua testa era tra le sue gambe e la sua lingua calda e bagnata si stava facendo strada dentro di lei.

La testa di Becky ricadde all'indietro mentre ansimava di piacere.

"Oh merda."

Ricky scosse la testa voracemente, leccandosi la carne appiccicosa.

Mangia, assapora, respira il suo profumo muschiato.

"Delizioso", Becky lo sentì dire con il suo profondo accento del Vermont.

Nemmeno a distanza avrebbe assaporato qualcosa di delizioso come la sua dolce vendetta, pensò.

Ricky aprì la cerniera dei pantaloni e tirò fuori il suo cazzo, strappandolo via con movimenti rapidi e duri del suo polso.

Becky si chiese brevemente se preferiva la sua figa a quella che aveva scopato pochi minuti prima.

Quindi decise che non le importava più.

Tutti gli uomini erano uguali.

Culi stupidi che abusano di puttane e succhiano le fighe. Anche se avevano la possibilità di mandarti in posti che non sapevi esistessero.

La lingua di Ricky era divina!

Becky guardò in basso e vide il cuoio capelluto lucido e rotondo alzarsi e cadere.

Questo è stato il suo momento.

Respirando profondamente, fece una pausa per un momento, poi unì le sue cosce in un rapido movimento, chiudendo il collo di Ricky tra le gambe.

Soffocò e cercò di andarsene, ma invano.

Becky prese la borsa rossa e tirò fuori un coltello.

Afferrò l'elsa con entrambe le mani e lo sollevò sopra la testa di Ricky.

Continuò a borbottare, afferrandole le cosce per aprirle.

Ma non poteva farlo.

Non riusciva a lasciarsi cadere il coltello in testa.

Ora che il momento era qui, non sembrava più una fantasia.

Sembrava un incubo.

Non era un'assassina.

Non poteva diventare qualcosa che non lo era.

L'avevano uccisa dentro e lei li disprezzava per quello, ma uccidere a sangue freddo la rese qualcos'altro.

La rendeva meno di loro.

Becky ha rilasciato la pressione delle sue cosce sulla testa di Ricky.

Uscì dalla trappola, ansimando e massaggiandosi il collo.

"Cagna pazza," urlò. "A cosa stai giocando?"

Becky aveva già nascosto la pistola nella sua borsa prima che Ricky sputasse rabbia.

"Pensavo che ti piacerebbe provare qualcosa di un po 'duro", ansimò, facendo del suo meglio per nascondere la paura nella sua voce.

Ricky allargò le gambe e si alzò in piedi.

"Non riuscivo a respirare!"

Becky armeggiò con il suo vestito e scese dal tavolo di vetro.

Mentre si alzava, notò l'espressione del dubbio negli occhi di Ricky.

"Oh andiamo," disse lei. "È stato divertente."

Riuscì a mantenere un sorriso mentre il suo cuore batteva freneticamente nel suo petto.

Ricky non disse nulla, cercando nei suoi occhi una specie di inganno.

Sarebbe stato l'unico a avere il sangue sulle mani se avesse saputo che aveva pianificato di ucciderlo.

Becky gli si avvicinò e si avvicinò alla sua faccia.

Baciò la sua guancia arrossata, lasciando il suo labbro scarlatto impresso sulla sua pelle.

"Ne ho avuto abbastanza per oggi. Starò meglio", ha detto.

Prese la borsa dal tavolo e si diresse verso la porta.

Poteva sentire gli occhi di Ricky inchiodati su di lei.

Penetrante.

Accusatorio.

"Aspetta" disse.

Becky si fermò.

Il suo cuore si bloccò.

Si voltò lentamente.

La sagoma scura di Ricky era delimitata dal bagliore luminoso dell'acqua dell'acquario mentre aspettava che parlasse.

"Vuoi i tuoi soldi", ha detto.

Becky si accigliò.

"Quali soldi?"

"Pago sempre le mie ragazze preferite."

Becky studiò i suoi occhi.

Cosa stava facendo?

"Non l'hai mai fatto prima."

"Era ora che lo facessi."

Prese un libretto degli assegni dalla scrivania.

Prese una penna dalla tasca della camicia e vi scrisse qualcosa.

Quando la sollevò per Becky, sentì il prurito al collo.

Ricky gli ha dato l'assegno.

Becky lo prese e guardò l'importo.

Quarantamila dollari.

Sbiancò e guardò incredulo incredulo Ricky.

"Per i servizi dovuti", ha detto.

Becky tornò a guardare la figura forte.

Quarantamila dollari.

Pagherebbe il suo mutuo.

Poteva prendere una macchina nuova.

Galleggia fuori.

Comprare nuovi vestiti.

Scarpe firmate.

Ricky non stava sorridendo mentre la guardava studiare l'assegno.

Lo sguardo che gli diede era preoccupante.

Becky guardò nervosamente i suoi occhi blu d'acciaio.

Sapeva che aveva cercato di ucciderlo.

Lo stava pagando.

Prendi i soldi, lasciami in pace, non venire.

Non voleva deluderlo.

Riuscì a sorridere e poi si voltò per lasciare la stanza, con la mano che tremava ancora trattenendo la sua nuova fortuna.

FINE

61

MEGLIO UN TRIO 1
ERIKA SANDERS

Noi tre rannicchiati sul divano a guardare un film HBO di cattivo gusto.

Ero nel mezzo, appoggiato al mio ragazzo, Peter, e al suo migliore amico, Ricky, che era appoggiato all'altro lato del divano.

Peter girò la testa verso di noi e fece un commento sul fatto che non gli sarebbe dispiaciuto fare ciò di cui avevamo parlato prima.

Fissai la televisione e vidi una donna allontanarsi con due uomini.

Ricky si spostò leggermente sul divano.

"Sì, sembra che potrebbe essere divertente." Ho detto solo guardando lo schermo e ridacchiato.

La prossima cosa che ho saputo, Peter ha iniziato a passarmi le mani lungo i fianchi e ha raggiunto la parte inferiore della mia camicia, tirandola su.

Ricky si avvicinò un po 'e cominciò a strofinarmi la gamba mentre mi guardava negli occhi.

Ho sentito tutto il mio corpo saltare senza muoversi.

Peter mi fece sedere e mi tolse la camicia, i seni riposati nel mio reggiseno di pizzo nero, i miei capezzoli duri e premevano contro il tessuto.

Quindi premette il suo corpo contro il mio, avvolgendomi le braccia attorno alla schiena e con un movimento del polso mi si allentarono il seno.

Peter iniziò a succhiarmi le tette mentre Ricky faceva scivolare le mani verso il bottone dei miei pantaloncini.

Mi sono sentito bagnato quando Ricky mi ha sbottonato i pantaloncini, tirandoli verso i fianchi e le gambe.

Con sua sorpresa, non indossava mutandine.

Ricky si leccò le labbra e avvicinò il viso alla mia figa bagnata.

Rimasi senza fiato quando sentii la sua lingua penetrare nelle mie labbra e accarezzare il mio clitoride, facendo sì che Peter mi succhiasse di più i capezzoli.

Gli ho fatto scivolare le mani sui pantaloni e ho iniziato a lavorare per toglierli.

Allargai ulteriormente le gambe per consentire a Ricky un accesso più facile.

Il mio cuore ha iniziato a battere mentre quello che stava accadendo ha cominciato a stabilirsi nella mia testa.

Mentre Ricky leccava avidamente la mia figa bagnata e fradicia, si tolse i pantaloni e si ritirò con riluttanza a togliersi la camicia sopra la testa.

Quindi Ricky iniziò a strattonarmi sui fianchi, tirando il mio sedere sul bordo del divano, si alzò e vidi il suo cazzo duro e pulsante appena prima di premerlo contro le mie labbra, strofinando la lunghezza del mio clitoride gonfio.

Quando Peter si alzò, si tolse la camicia e la gettò da parte.

Quindi si arrampicò sul divano, il suo cazzo a pochi centimetri dalla mia faccia, uno dei suoi che correva sulle mie gambe.

Gemetti quando Ricky mise il suo cazzo nella mia figa, riempiendomi completamente.

Istintivamente mi strinsi forte attorno al suo membro.

Ho tirato fuori la lingua e ho accarezzato la punta del grosso cazzo di Peter, ho inclinato la testa in avanti e ho avvolto le labbra attorno alla testa gonfia.

Peter appoggiò una mano contro il muro e mi passò le dita tra i capelli, guidandomi delicatamente la testa mentre succhiavo il suo cazzo.

Ricky mi passò le mani su e giù per i fianchi e mi afferrò per i fianchi, tenendomi fermo mentre mi scopava.

I miei lamenti si persero nei suoi.

Cominciai a muovere i fianchi contro Ricky, affondando il suo cazzo palpitante più profondamente nella mia stretta figa bagnata.

Ho iniziato a tracciare l'interno della coscia di Peter, ho preso la mia mano per le sue palle piene di sperma e ho iniziato a massaggiarli delicatamente, lasciandoli rotolare nella mia manina.

Gemetti di nuovo, la mia bocca si riempì completamente del cazzo di Peter.

Potevo sentire la testa del suo cazzo toccare la parte posteriore della mia gola, il sapore del liquido pre-seminale sulla mia lingua.

Peter si appoggiò allo schienale, il suo cazzo pulsava ancora per la mia forte aspirazione, si alzò dal divano, prendendomi la mano tra le sue.

Mi sono seduto e Ricky ha estratto il suo cazzo dalla mia figa eccitata.

Peter mi condusse nella stanza, si sedette sul letto, mi afferrò per i fianchi magri e mi fece girare.

Ricky era in piedi davanti a me, accarezzando il suo cazzo duro mentre Peter mi separava i glutei.

Ricky poi mi afferrò per i fianchi e mi aiutò a bilanciarmi mentre aiutavo a posizionare il cazzo di Peter davanti al mio piccolo buco stretto.

Le mie ginocchia premevano contro il mio seno quando sentii il cazzo bagnato di Peter premere contro il mio culo stretto.

Gemetti mentre il suo cazzo penetrava lentamente nel mio culo.

Ricky mi spinse indietro la parte superiore del corpo e fece scivolare il suo cazzo nella mia figa.

Appoggiandosi all'indietro, le braccia che mi sostenevano, il mio culo e la mia figa pieni di cazzo, gemetti ad alta voce e si morse il labbro inferiore.

Il dolore e il piacere della doppia penetrazione erano quasi troppo da gestire.

Peter fece scivolare il suo cazzo di sei pollici in profondità nel mio culo, riempiendolo completamente, e poi iniziò a muovere i fianchi.

Le sue mani intorno al mio petto mi massaggiano il seno.

Ricky pompò furiosamente nella mia figa calda e bagnata.

Il suo respiro divenne difficile e le sue mani sui miei fianchi mi tenevano in posizione.

Mi strinsi forte intorno ai suoi due cazzi, sentendo il mio climax iniziare a crescere.

Il cazzo di Peter si è gonfiato nel mio culo quando ho stretto e lui ha iniziato a scoparmi più velocemente, gemendo mentre lo faceva.

Ricky chiuse gli occhi e cominciò a sentire quel calore familiare sul suo cazzo mentre lo pompava costantemente nella mia figa.

Gemevo con quasi ogni respiro, volendo sentirli esplodere dentro di me.

Ho stretto più forte.

Il corpo di Peter cominciò a tremare sotto di me mentre il suo cazzo esplodeva riempiendomi il culo con la sua spessa sborra.

I suoi lamenti si mescolarono con i miei e quelli di Ricky.

Mi strinse forte le braccia al petto mentre il suo climax raggiungeva il picco, spruzzando il suo cazzo dentro e fuori dal mio culo stretto.

Quando Peter è venuto sul mio sedere ho sentito il mio climax iniziare a irrigidire il mio corpo e la mia figa si è stretta intorno al cazzo pieno di sperma di Ricky.

Ho iniziato a muovere i fianchi al ritmo dei movimenti di Ricky, volendo correre attorno al suo cazzo.

Gettai la testa all'indietro e gemevo così forte che quasi urlai quando raggiunsi l'apice, con un cazzo in ogni buca.

Ricky non riuscì più a trattenersi, lasciò andare la sua e riempì la mia figa di spruzzi di sborra.

Noi tre tremiamo, i nostri colpi rallentano e i nostri lamenti si attenuano, attenuando il climax.

Ricky si sporse in avanti, mi baciò dolcemente e sorrise mentre estraeva il suo cazzo dalla mia figa e mi aiutava a sollevarmi dal letto.

Peter si alzò rapidamente, si fermò dietro di me, mi avvolse le braccia intorno alla vita e mi baciò sulla guancia.

Disse con una risata:

"Sì, è stato divertente, in realtà ..."

FINE